10月4日
104歳に
104句

日野原重明　句集

ブックマン社

「創《はじ》める」ことを忘れない限り

10月4日は、私の誕生日です。2015年の10月4日に私は104歳になります。偶然にも104という数字が並びました。それでは、98歳の時に創めた俳句を104句集めて出版したら、良い記念になるのではないかということで、今回の俳句集の出版が決まりました。

六十歳のときに、ユダヤ人の哲学者、マルティン・ブーバーの本を読み、生き方を変えるような一文に出会いました。

「年老いているということは、もし人が創《はじ》めるということの真の意義を忘れていなければ素晴らしいことである」

それを読んで、私はなるほど、と思いました。

「もう歳だから新しいことにチャレンジできないと思ったら、そこから人は老いていくのだ。人間は、幾つになっても何かを創められる自由を持っている」、そうブーバーが教えてくれているように感じたのです。

それ以来私は、何かを「はじめる」と書く時、「創める」という字を使うようになりました。何かを「はじめる」というのは、あらたな時間を「創り出していく」と思ったからです。年齢を重ねて、若い頃のようにはいかず、身体が不自由になっても、「創める」ことさえ忘れなければ、心は自由でいられるのです。

その後、俳人の金子兜太先生と出会い、時折私の句を見ていただいています。金子先生の「兜太」というお名前は、読みにくいですが、「とうた」と読み、朝日新聞の俳句の欄の選者をしておられます。私より八つほど年下ですが、俳句に関しては大先輩です。

俳句とは、自然体で、「あるがまま」がいいのだという考えの先生です。また、金子先生は、「自分の作った句を口ずさみなさい」と言われます。口ずさむことで、内面的に深まり、癒しとなるのだそうです。

私が富嶽出版から初めての俳句集を出した時、金子先生に読んでいただき、こんなお誉めのお手紙をいただきました。それを引用したいと思います。

『百歳からの俳句創め』をいただき、楽しく嬉しく拝読しました。そして、その自由さに感心しました。俳句の命は世界最短の五七五の音数律にあり、世界遺産に登録して貰う価値ありと思っている小生には、まさにその詩形を自由に駆使してお書きになっている（季語とか字余り字足らずとかと、付随のことに一切気を遣われず）その姿勢に感心したのです。これぞ日野原流の自由さです。いままでに、こんなに自由気軽に書いた句集はありません。劃期《かっき》的句集と言えます。

お世辞でなく、大長寿の秘訣はこの自由さにありと、改めて確認した次第でした。（中略）

久しぶりにスカッとした気持ちです。自由な独特な俳句を有難う存じました。

平成二十六年六月五日

金子　兜太

日野原重明様

今回のこの俳句集は、104歳を記念して、104句を選んでの出版ですが、詠んでいる私の感覚では、『百歳からの俳句創め』よりも、もっと自由な句集になっていると思います。中には、人生の哀しみや憂いを詠んだ句もあります。しかしすべて私のあるがままの気持ちです。常に前向きな私の生きる姿勢も表れていると思います。

俳句の合間のページには、私が作った自由詩や、絵画も載せることにしました。

俳句を食わず嫌いしている若い世代の方にも是非、この本の中から気に入った句を口ずさんでほしいと思います。そして、興味を持ってくれたなら、今から句作を創めてみてください。きっと私のように心が自由になりますよ。

2015年秋　104歳の誕生日を目前に

日野原重明

目次

第一章 老に屈しない

百三歳
おばけでなくて
ほんものだよ

二〇一四年十月四日、去年の私の百三歳の誕生日に一句。

百三歳
上は四歯で
下九歯

最近、聖路加国際病院の口腔歯科で入れ歯を新調。
私は、百三歳で上は四本、下は九本も自分の歯が残っている。
ちなみに厚生労働省と日本歯科医師会は、
八十歳で二十本の歯を残す八〇二〇運動をしている。

ジャンケンに負ける手を出す脳トレか

「パー」を出されれば、あえて「グー」を出す早業が脳のトレーニングになるそうだ。

肢《あし》だるし
マッサージ受け
我天を駆ける

肢があまりにだるいので、マッサージが得意という方に、
就寝前に肢をマッサージしてもらう。
その晩は気持ちよく眠りに落ち、
翌朝午前十一時半まで目覚めることなく熟睡した。

百三歳を
跳び越えての
ガッツポーズ

百三歳のバーを背面跳びで跳び越えて柔らかいマットの上に着地。
マットの上で「やったぞ」のガッツポーズ。

百三歳
誕生ケーキの
灯は三息《みいき》

百三歳を祝うバースデーケーキのろうそくを吹き消すのに、
一息では足りず、三回息を吹きかけた。

超音波で発見された弁膜症

二〇一四年五月、聖路加国際病院のエコー検査（超音波）で私の心臓に大動脈弁狭窄症が発見され、
それ以後私はどこへ行くにも、車椅子に乗っていくことになった。
車椅子に乗り始めた頃、私はこの姿を誰かに見られるのは恥ずかしいという気持ちがあり、うつむいて、人目を避けるようにしていた。
しかし、どこへ行っても「日野原先生ですね、こんにちは」「日野原先生、おはようございます」と声をかけられる。
そこで私は、それならこちらから、元気よく挨拶しようという気になり、それからは恥ずかしいという気持ちはなくなり、
今まで通りにどこへでも行かれる車椅子が、とても便利だと思うようになった。

車椅子
乗ったままで
どこへでも
空港に
新幹線に
走れ車椅子

車椅子で
空飛ぶ我の
意気盛ん

年老いて
　もの探しにぞ
　　日が暮れる

そばに世話人がいるとすぐ尋ねられるが、
人手がないと自分で探すので、功少なし。
百三歳の我が実感。
老いると視力は十分あっても、鑑別力が欠けるのか。

年老いて
ボタン留めても
外れたまま

一番上のボタンが
外れたままになっていることしばしば。

年老いて
テレビの時間
なぜ延びる

勤めを終え退職した老人は、
日々自宅で過ごし、
必然的にテレビを見る時間が増す。
これは自然現象か?

今日は、富士山麓にある御殿場乗馬クラブで、私を馬に乗せるという計画を実行するというので、嫁とともに東名高速を自家用車で走り、午後一時半に現地に着いた。

高速道路に慣れた私のドライバーはハイスピードで飛ばし、東京から一時間三十分で着くことができた。そこには動物愛護を目的とするＮＰＯ法人「動物と人の愛と絆促進協会」のカメラマンが私を待っていた。

私は、百三歳の今迄一度も馬に乗ったことがないので、その姿をドキュメンタリー映画の一部に使おうという企画である。

現地に着くと、東京在住の小学生十五名が、乗馬体験のために泊まっていて、今日で三泊目だということだった。私は子どもたちが嬉々として馬に乗っている風景を見た。

いよいよ百三歳の日野原先生に乗馬の実演をしてもらうということで、私は、勇気を出して、生まれて初めて馬に乗ることになった。私にあてがわれた馬は、少し小柄の十八歳の馬だった。いよいよ踏み台の上から乗馬するとなると心が震える感をもち、そこで一句。

富士をバックに
馬に跨《またが》り
心震う

百三歳
馬に乗る意気
我独り

百三歳
馬に跨《またが》る
我が勇気

乗馬体験は、私が翻訳した『勇気』という絵本の一節を思い出させた。

「プールのダイビングボードの
はしから 初めて
『せーの』といって
飛び込むのも勇気」

バーナード・ウェーバー 『勇気』より
（二〇〇三年 ユーリーグ出版）

我は今
百四歳を前に
ドック入り

私は一九一二年十月四日生まれで、二ヶ月後に百四歳となる。
いよいよ明日七月三十一日には、聖路加国際病院の日帰りドックに入り、
聖路加日帰りドックの最高年齢の記録保持者となる。
あらめでたしや！

聖路加の人間ドックで若返り

人生の
半ばに至らぬ
団塊の徒

※

厚生労働省は、七十五歳以上を後期高齢者と名づけたが、
私にしてみれば七十五歳はまだ人生半ば。
団塊世代の人たちはまだ人生の半ばにも達していない。

私には
余生などないよ
これからぞ

※

第二章 旅で出逢う

富士川の鉄橋からの隠れ富士

関西学院大学百二十五周年記念講演の依頼を受け、
新幹線にて神戸に向かう。
晴天だと富士の裾野は対称的で美しいが、
この朝は雲のため隠れ富士か――。

精華女高《せいかじょこう》のブラバンの音 大空に響け

二〇一五年六月十三日、「新老人の会」福岡フォーラムが
アクロス福岡イベントホールにて開催され、定員九百名の座席は満席。
私が「故郷」の指揮をする。
福岡の精華女子高等学校の吹奏楽部は百六十二名の団員を有し、
過去に全日本吹奏楽コンクールにて十回金賞受賞、
全日本マーチングコンテストには十六回出場しすべて金賞。

ヘリに乗り

マンハッタン見下ろす

百二歳

※

百寿越え
五日のバケーション
天の声

三連休
行楽の群れ
独り働く

十一月二十四日（勤労感謝の日）に、
千葉市での「新老人の会」のフォーラムで講演を行った。

三連休は
二日の疲れで
今日はスーパー

高速道
すすきは悲しむ
見る人なき

蒼《そう》穹《きゅう》下《か》
杜《もり》の都でのジャンボリー

二〇一四年九月十四日、
仙台市での第八回「新老人の会」ジャンボリーに出席。

安曇野《あずみの》の赤松林に蜩《ひぐらし》啼《な》く

安曇野の鳥居夫妻の山荘での「夏の集い」に招かれ、一泊二日のリトリートの時をもつ。集まるは約百名。小塩節氏の「ゲーテと鷗外」と「ゲーテ『ファウスト』に聴く」の解説に耳を傾ける。

善光寺
ジャンボリーに
惹かれた五千人

和太鼓で
始まるフォーラム
ジャンボリー

善光寺　桜の満開　人を惹く

二〇一五年四月七日と八日の両日、長野市で「新老人の会」のジャンボリーが催され、五千人もの会員が、冬季オリンピックのスケート会場を改造したビッグハットに集まった。

会員たちの熱気は、霙《みぞれ》の寒さを打ち破った。

長野市には雪は見られず、良い天気であり、桜が満開であった。

この大成功には、七年に一度の善光寺御開帳のご利益があった感がある。

釜山《ぷさん》への一泊だけのとんぼ返り

二〇一四年十月二日、成田空港から午後六時三十分発のＪＡＬ便で韓国・釜山への短い旅行に出かける。

エグゼクティブの座席に着くやいなや、ケータイ電話をオフにすることを忘れない老人がこの世にいるだろうか。

翌三日、成田帰着。

十月四日は私の百三歳の誕生日だ。

行きは遅い
帰りは早いは
我が実感

二〇一五年三月十七日朝七時半、
新横浜から新幹線で新神戸駅へ向かう。
所用を済ませた後、また新幹線でとんぼがえり。
帰りの新幹線のぞみ号では、名古屋駅を出るとすぐ
次の停車駅は、新横浜と車内アナウンスされる。

スターフライヤー座席狭きに我慢して

最近の航空会社は、共同運航というものをしていて、
ＡＮＡでチケットを買っても、
搭乗するのは他の航空会社の機体ということがある。
今回は、ＡＮＡがスターフライヤーと共同運航をしていた。
スターフライヤー機は機体が小さく、プレミアムクラスが無く、
座席がすべて同じで狭かった。なんとなく懐かしさを感じた。
帰りは、西風に乗って到着が早くなった。

赤松の林が見える窓の外

二〇一五年四月十二日、京都劇場にて
日本内科学会総会の市民公開講座特別講演で、
「私が提唱する生きかた上手」と題する講演をする。
翌日、京都国際会館で日本医学会総会の
「日本における高齢化と真の健康社会」と題する記念講演をするため、
京都の宝ヶ池にあるグランドプリンスホテル京都に宿泊。

浜名湖を
過ぎてからの
紺ぺきの空

二〇一五年四月二十一日、大阪のザ・シンフォニーホールで催される
韓国の声楽家べー・チェチョル氏のリサイタルに赴く。
新幹線こだま号にて。

奈良産の
柿の葉寿司をば
ほおばる我

奈良市で「新老人の会」のフォーラムあり、千八百人出席し、入会者四十人あり。帰りの新幹線のぞみの中で一句。

車椅子
乗せられたまま
何処へ行く

ほら便利だね。

第三章 恋を忘れじ

仏門に入りても書ける恋物語

瀬戸内寂聴さんは、病気が快復した今も情熱を失わない。

柳眉《りゅうび》のおばちゃんにもつ少年の恋心

「柳眉」のまゆという漢文を知った僕は、あるおばちゃんの眉を思った。僕はおばちゃんが好きだった。

十五才の僕の思い出

僕が十五才の時
ご主人を満州に残して
娘二人と息子一人を連れて
神戸の栄光教会の近くの家で
二階住まいをされていたおばちゃんがいた。
後に「柳眉」という表現を知って、
僕の心は一層恋心をもつようになった。
教会の朝礼が終わった後
僕は猪飼のおばちゃんに惹かれてよくこの家を訪れた。
おばちゃんの眉を「柳眉」と呼ぶ漢字に
心惹かれた。

妻静子は、
聖路加国際病院に一年九ヶ月間入院して、この世を後にした。

妻静子
眼を閉じて聴く
キャロルの音《ね》

※

クリスマスの前夜、静子の病室の入口で、
教会の聖歌隊の歌うクリスマス・キャロルの調べを聴く。

病室の
妻の顔見て
モニターに

重病の静子を見舞うとき、まず静子を見た後、
モニターの数字を見て病状を確認する。

※

声掛くも
眼をば開かぬ
手を握る

※

腸からの大量出血で昏睡状態となる静子の病室で。

臨死の妻
囲んで歌う
別れの歌

※

いよいよ静子の容態が悪化し、途切れ途切れの呼吸となり、血圧は五十以下に低下する。そこでチャプレンとで静子愛唱の「いつくしみ深き～」と、讃美歌三百十二番を歌う。

亡き静子
蛇を首に巻く
度胸あり

静子はその字の如く物静かで優しい女性だった。
サンフランシスコ在住の孫が一時蛇を飼っていたとき、
静子はその蛇を自分の首に巻くほど度胸があったが、
彼女は蛾には震える。

静子にぞ
桃紅の水墨の
精宿る

静子がまだ独身の頃、
篠田桃紅《とうこう》先生は田園調布でお習字の私塾を開いておられた。
静子はその一番弟子である。
静子が色紙に書いたひらがなの字に、篠田桃紅先生の
のびのびとした墨汁の流れが見られ、私は強く心を惹かれた。

亡き妻が
眠りし庭に
彼岸花

静子の生前、サンフランシスコ上空の飛行機から
三十ドルで散骨が可能だという話を聞き、
私たちもならってみようかと話し合ったことがある。
約束通り、妻の遺骨をほんの少し、自宅の庭に撒いた。
彼女が五月二十一日に敗血症で死亡してから丸二年が経った。

妻静子
小《こ》平《だいら》墓地に
我招く

彼女は二年前に天に籍を移され、私をば待つ。納骨の日に。

彼岸花
燃える焔《ほのお》に
妻想う

足跡

誰かと一緒に
腕を組んで歩くと
あしあとは二つずつ残される。
しかし
一人が背負って歩く時には
あしあとは一つしか残されない。

第四章 庭を愛でる

百年の
梅の幹折れて
尚開く紅《べに》

幹枯れし
枝の紅梅
色鮮やかに

梅散りて
鶯《うぐいす》の来ぬ
庭淋し

毎年三月には、我が庭にうぐいすの姿が見られるが、今年は見られない淋しさ。

梅雨明けの朝、居間のカーテンを開けると、
鉢植えのブルーベリーの赤い実を
三羽の小鳥が嘴を入れている。
カーテンを開けたその気配を感じたのか
小鳥は素早く飛び去ってしまった。
そこで一句。

鉢植えの
ブルーベリーを
啄《ついば》む小鳥ら

庭のハーブ
紅茶のカップに
匂い濃く

二〇一五年六月三日夕刻、港区区民健康講座を終えて帰宅。
ベランダのベンチに座って、庭を眺める。Ｋ夫人は、庭のハーブをちぎり、
私に温かい紅茶を持ってきてくれた。彼女のご主人は、癌を病み
ピースハウス病院に転院、彼女の温かいケアを受けながら、安らかに昇天された。
今ではＫ夫人は、私の家のサポートをして下さっている。
彼女の淹れてくれた紅茶を飲んだ私の口の中には、ハーブの香りが色濃く漂う。

盛夏の日
夏草茂り
庭師待つ

風なき晝間《ひるま》
高き百日紅《さるすべり》のみ
葉が揺れる

百日紅
紅《べに》色の花
風に揺れて

アルミサッシ　コオロギの音《ね》までしきるとは

田園調布の住居を改造するとき、外部の通りの雑音を避けるため、アルミサッシに二枚ガラスをはめ込み、中は真空とした。その防音効果は優れていて、私はとても満足している。ところが盆を過ぎ、秋が近づいてもコオロギの音《ね》が聞こえない。そこで、窓の外に出てみると、コオロギが鳴いている。

痩せ男　月見の夕べは　団子餅

春の句に「花より団子」という句があるが、
痩せ男には秋も団子が一番。

盆栽の
枯れ葉は
白髪《しらが》抜きたいな

父が広島女学院長の頃、
僕たち子どもに白髪を抜かせて一本ごとに一銭くれた。
今、私の田園調布の庭に百寿を祝って寄贈された松の鉢植えに、
枯れ葉がちらほら見えるのが、
まるで父の白髪のように想い出された。

庭に三本
オリーブの樹の
六年をば待つは我

庭にオリーブの樹を三本植えたところ、
実がなるまで六年かかるという。

パンジーの紫色はビロードか

ワシントン
桜祭りは
まだ蕾

三月二十二日、日曜日のお昼のテレビで、
アメリカ・ワシントンの桜祭り開会の様子が報道されたが、
日本が百三年前にアメリカに贈った
ポトマック川堤の桜はまだ固い蕾だった。

桜の花
満開続き
大喜び

日本の桜が美しく咲くのは、
温暖な気温と風のないことの影響だといわれる。
垣根のないお隣の庭に見事な桜が咲き、
我が家からお花見が楽しめる。
今日は四月一日だが、垣根ごしに見える
隣家の大きな桜の木は一週間以上も咲き続けている。

風吹きて
桜は散らねど
倒れしアカシア

植木屋に5フィートもの
房アカシア（別名ミモザ）の苗木の鉢をもらっての句。

桜散り
一週間後には
花水木《はなみずき》

百年ほど前、東京市長の尾崎行雄氏がアメリカに贈った桜は、
ワシントンのポトマック川沿いに植えられ、毎年美しい花を咲かせている。
その御礼にと、アメリカから日本に贈られたのは
花水木（Dogwood）である。
我が家の庭にも紅白の花水木があり、四月中旬に花をつける。

桜散りし
花水木開く
赤き春

聖路加国際病院の正面の広場、
大学のキャンパスに赤い花水木が開く。

花水木
白と紅とで
庭を染め

戦後、私が三十九歳の時、
『Gone With the Wind
（風と共に去りぬ）』の小説で有名になった
アトランタ市のエモリー大学に一年留学した。
春が過ぎ夏が近づくと、
白と紅との花水木が満開となって美しかった。

花水木
真紅の皐月《さつき》
今、満開

雨上がり
庭の躑躅《つつじ》の
緋の文字か

緑の草花が庭一面に見られる中に、緋色のつつじを見て、
昔読んだナサニエル・ホーソーン作の
小説『緋文字（The Scarlet Letter）』を想い出す。

立夏の日
庭のベゴニア
心踊る

立夏の日に、よき友が卸売りの特別価格で買った
ベゴニアの苗を我が庭に持ち込んで植えてくれた。
その鮮やかな色を見て一句。

鉢植えの薔薇
週毎《ごと》に散り
今は空《から》

私の庭の鉢植えの薔薇の花が、五月に入り、一輪ずつ散り、
今日五月十三日には全部散ってしまった。
薔薇園に行くと夏に咲く薔薇を植えているが、
これは造園師の特別な計らいによって可能だと思う。
私は六月下旬頃に北海道旭川市の丘の上の薔薇園を何回か訪れたが、
薔薇は見事に咲いていた。造園師の手入れのお陰だと思う。
私の庭の鉢植えの薔薇を見ると、我ながら寂しく思う。

庭の薔薇
はにかむ花の
愛《いと》しさよ

開いた薔薇は
美しいけど
はにかむ薔薇は最高

庭の薔薇を見ている時、
大きく開いた花の美しさはさることながら、
ふと、はにかんでいるような
うつむき加減の薔薇の花の美しさに、心を奪われた。

五月末
初夏とはいえど
30度

五月末に真夏日が連続し、例年以上に暑かった。
今年の五月の夏日の日数は、観測史上最多の十九日。

炎天下
薔薇はしなび
水を待つ

嫁マキが
芝刈り機を
縦横に

盛夏の暑さで庭の芝生がやたらに伸びている。
久々に嫁が芝刈り機を器用にハンドルしている光景は、
いかにも盛夏らしい。
夕闇迫る庭で、嫁の竹箒さばきもなかなかだ。

ゴーヤー
9.4.2013

第五章
国を想い、平和を願う

二〇一五年三月十一日。東日本大震災から丸四年が経った。
一万五千八百九十人の犠牲者へ祈り、午後二時四十六分。

この時刻
祈りに還《かえ》る
遺族や友

10メートルでも
高きへ登れ
逃げる教訓

宮古にぞ
開く桜は
宙返り

浅田真央
うつむく瞼《まぶた》の
ふくらみよ

被災地を
訪れ真央の
つぶらな目

四月十日のテレビで、
『浅田真央　被災地への旅』という番組を見て。
石巻の被災者の方々を見舞って、幼児にスケートを教える真央さん。
田んぼの中にスケートリンクがある。
十人位がそれぞれの肩に手を置いてグループで滑っている。
ひとりが倒れるとみんな倒れる。
真央さんは縞のワイシャツ姿で、十日間に四ヶ所の被災地を訪問。
郵便局のあったところが、何もなくなっている。
カキの生産量はまだ少ないが、良質のもので、
真央さんはそのカキを食べる。
あちこちに放射線量計があるのが見える。
二時四十六分で止まった時計がある。

台風十九号
全日本を
総撫でに

台風十九号
狂った女の
髪の乱れか

避難勧告
毛布かかえて
駆け込む群れ

終戦を
迎えて経ちし
七十年

子どもにも戦没者の御霊《みたま》に触れしめよ

八月十五日の終戦記念日。武道館にて、天皇皇后両陛下ご臨席のもと、全国戦没者追悼式が行われた。

お米なく
甘《かん》諸《しょ》で生きのびた
祖母想う

恕《ゆる》すこと
相手を友とし
世界平和

オスプレイに
できない芸を
やるとんぼ

沖縄の米軍基地で
オスプレイが騒音を立てて飛んでいるのを見て、
この句を作る。

※

生き方は人間のみが変えられる

第六章

若き世代に夢を託す

紅白の白組「嵐」にＧｏ Ｇｏ Ｇｏ！

大晦日午後七時半、ＮＨＫ紅白歌合戦始まる。
嵐の櫻井翔君は長野を舞台とする
『神様のカルテ』という映画で、医師として登場した。
私は、その映画の試写会で彼に初めて出会い、
おそろいの眼鏡をしていることに気づいた。

若者に分かりやすく医学を語る

新潟で第四十七回日本医学教育学会総会が開催され、
名誉会長の私が特別講演を行った。
演題は「だから医学は面白い」で、一年前に頼まれていた三十分の講演で、
すでにパワーポイントも用意してあった。
だが、講演の内容は、要点を絞って短くするほど
聴衆にわかりやすいので、
新潟行きの新幹線の中で、パワーポイントを思い切って半分に削った。
講演原稿も「～である」調から、「～でしょう」調に変えたところ、
しゃべりたいことが次々と湧き出てきて、
私にしては珍しく講演時間を超えてしまい、
「時間がありません」と合図を受けてしまった。
短歌や俳句も、思いを短く表現することによって、分かりやすくなる。

聖路加国際病院に新しく採用された職員は毎年、
四月の初め、八ヶ岳山麓にある清泉寮で、一泊二日の研修会に出席する。
職種を越えての研修会（retreat）では、以下のトイスラー精神を学ぶ。

「キリスト教の愛の心が
人の悩みを救うために働けば
苦しみは消えて
その人は生まれ変わったようになる
この偉大な愛の力を
だれもがすぐわかるように
計画されてできた生きた有機体がこの病院である」

ルドルフ・B・トイスラー（1933）

新職員
清泉寮で
輝く目

清泉寮にて新入職員に
「医療におけるサイエンスとアート」と題する講義を行った。
主治医が癌患者に病名告知をするのはアートであるという話をした。
医師は患者に包帯を巻くが、実際には神が癒すというのは、
近代の血管外科の先駆者アンブロワーズ・パレの言葉である。

「私たちは
時々にしか癒せないが
苦しみを軽くすることはしばしばできる
しかし病む人に慰めを与えることはいつでもできる」

患者への癌の告知はアートなり

3-5, 2014

都庁訪問
オリンピックでの
禁煙勧める

二〇一五年八月三十一日、都庁に出向き、オリンピック・パラリンピック会場での禁煙の要望書を提出し、記者会見も行った。

都庁の役人にはスモーカーが多いので、自粛を呼びかけた。

もみじの手
ひ孫に送る
俳句かな

ひ孫のもみじのような手を思って俳句を創り、
ＮＨＫ全国俳句大会に応募。
百四歳を一ヶ月後に控えた我、また新たなことへ挑戦する。

若者の
背を押し出して
Ｇｏと叫べ

夏祭り　屋上庭園で　頬張るソーセージ

聖路加国際病院の四階の屋上庭園で、
小児科病棟に入院している
子どもたちと一緒に夏祭りを楽しんだ。
色々な屋台が出て、私も童心に返って、
大きなソーセージを頬張った。

――小林凛君のこと

小林凛（本名・凛太郎）君との出会いは、二〇一一年の六月に遡る。

朝日新聞の私のエッセイを読んで、凛君のおばあさまがお手紙をくださったのだ。

そこには、当時十歳だった凛君が、いじめで辛い思いをしていること、
でも俳句を詠むことで乗り越えようとしていることが書かれていた。

十歳の子が俳句を詠んでいじめと闘っていることに心を打たれた私は、すぐ返事を送った。

すると凛君が私の百歳の誕生日に一句贈ってくれ、私は嬉しくて心が弾んだ。


「百歳は　僕の十倍　天高し」


そこから、九十歳差の私と凛君は、俳句での文通が始まった。

この往復書簡は凛君の句集『冬の薔薇　立ち向かうこと　恐れずに』に収録されている。

凛君との出会いによって刺激を受け、私の俳句も大きく成長できた。

年齢を越えてコミュニケーションできることが、俳句の素晴らしさだと感じている。

凛君が聖路加国際病院の理事長室を訪れ、話をした時の彼のまなざしが
今も私の目に残っている。ひ孫のような君と俳句で心を交わすとは、夢のよう。

身を屈《かが》め
目は高く凝視《みつめ》て
僕を見る

凜太郎と
ベンチに座して
雲を追う

小学校と中学校でいじめに悩まされ、
俳句に支えられた凜太郎君を、
八月二十八日に我が家に迎えて。

子どもと地球をつつむ歌我唄う

依頼を受けて作詞した「地球をつつむ歌声」が、加藤昌則さんの作曲で、第八十二回NHK全国学校音楽コンクール小学校の部の課題曲になった。私は三月末日、NHKスタジオでNHK児童合唱団の指揮をしたが、大成功といわれた。

百四歳
長い道にも
まだ何か

謝辞

私が九十八歳のとき、俳句療法学会の木下照嶽《てるたけ》先生が主宰する俳誌『富嶽』に何か書いてほしい、と依頼されたことが俳句を創《はじ》めるきっかけになりました。

木下先生には、私が会長をしている「新老人の会」で句作の指導をしていただいています。「季語は入れなくていいから、自由になんでもお書きなさい」と木下先生は言われました。

それまでの私は、松尾芭蕉の「古池や〜」くらいしか俳句を知らなかったほどの門外漢。しかし創めてみたら、すぐに句作の楽しさに開眼しました。

俳句を創めた日に、一晩で十五句ほどできてしまいました。

自分の気持ちを自由に俳句にすると、心が軽くなり、今度はどんな句を詠もうかなと、意欲が湧いてきます。仕事をしているときでも、悩んでいるときでも、旅先でも、一句浮かんだら、ささっと手近にある紙に、書き留めます。気に入った句ができると、それだけで心がポジティブになります。
創めることを忘れない限り、人はいつまでも若くいられると思います。
私に句作の楽しみを教えて下さった木下先生に感謝申し上げ、筆を擱きます。

日野原重明

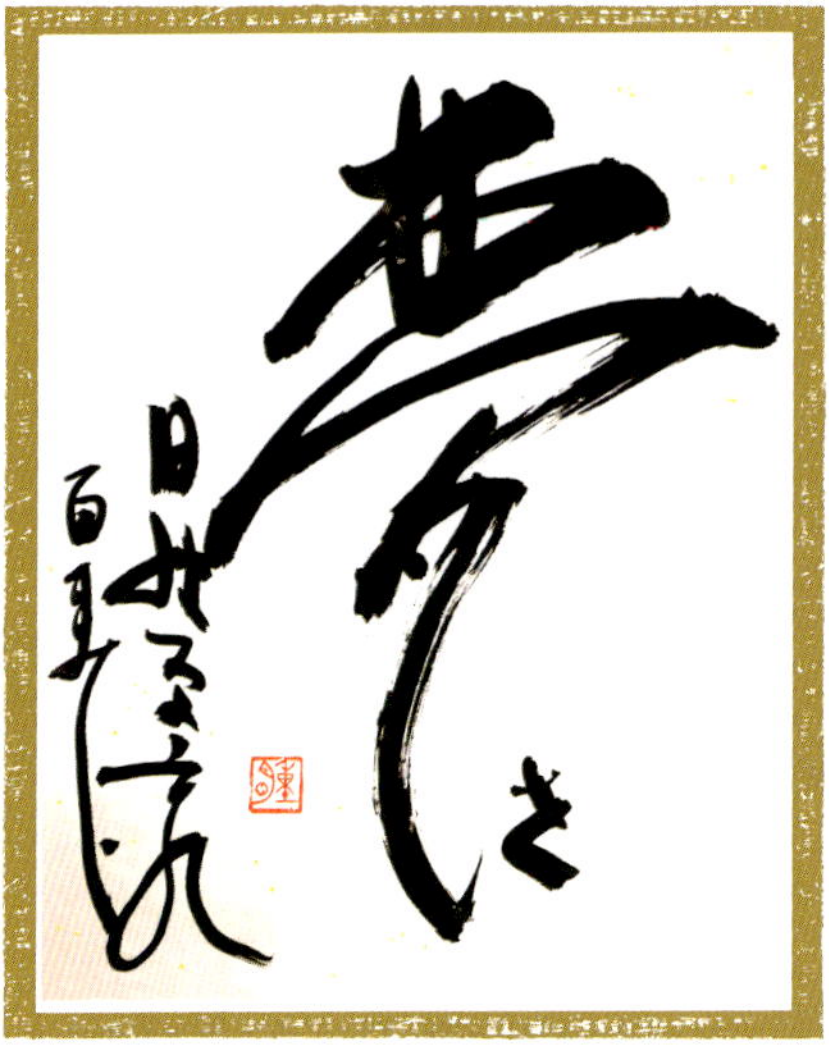

日野原重明（ひのはら・しげあき）
1911年10月4日山口県生まれ。京都大学医学部卒業、同大学院修了。1941年聖路加国際病院に内科医として赴任。1951年アメリカ・エモリー大学に留学。104歳の現在も現役医師。聖路加国際病院名誉院長・同大学名誉理事長、一般財団法人ライフ・プランニング・センター理事長、「新老人の会」会長、日本音楽療法学会理事長、日本ユニセフ協会大使、俳句療法学会名誉会長などを務める。2005年文化勲章受章。『生き方上手』（ユーリーグ）、『十歳のきみへ』（冨山房インターナショナル）など著書多数。

本文中の※の俳句は
『百歳からの俳句創め』
（二〇一四年 富嶽出版刊）
より出典

10月4日 104歳に 104句

2015年10月4日 初版第一刷発行
2015年10月27日 初版第二刷発行
著者……………日野原重明
ブックデザイン……近藤真生
カバー写真………齊藤文護
編集………………小宮亜里 柴田みどり
発行者……………木谷仁哉
発行所……………株式会社ブックマン社
〒101-0065 千代田区西神田3-3-5
TEL 03-3237-7777
FAX 03-5226-9599
http://bookman.co.jp
印刷・製本 図書印刷株式会社
ISBN 978-4-89308-844-4